LES MOTS SONT DES VÊTEMENTS ENDORMIS

Du même auteur, aux **Editions Unes** :

Le visage volé, 1981.
Le corps immobile, 1982.
Au fond de l'air, 1982.
Les mots sont des vêtements endormis, 1983.
Mère, 1984.
Les choses naissent et se referment aussitôt, 1985.
Carte d'identité, 1985.
L'absence réelle, (avec Raphaële George), 1986.
Le passeur, 1987.
La demeure de l'ombre, 1987.
L'immobile est un geste, 1989.
Pas japonais, 1991.
Garder le mort, 1991.
Entre le sol, 1995.
Chambre intérieure, 1996.
Greffe, 1998.
Parce que je le vaux bien, 2001.
Issue de retour, 2013.
Ici n'a pas lieu, 2013.
Sous le seuil, 2016.

JEAN-LOUIS GIOVANNONI

LES MOTS SONT DES VÊTEMENTS ENDORMIS

suivi de

FRAGMENTS INEDITS

Editions Unes

La vignette de couverture est de Ghislaine Amon.

Préface

Un homme dans la foule, marche. Il porte notre difficulté de vivre ; notre appréhension de poser le prochain pas. Sous peine de tomber, ou que chancèle, pas après pas, la peur de tomber. Tomber sur le visage des autres, cogner à la lucarne des masques, tomber sur son propre visage, et sur la grimace. Ou le vide.

Les mots sont des vêtements endormis est un cri tombé au fond de soi, enveloppé dans le silence, il touche à cette peur commune qui circule entre les êtres. A cette violence muette.

Dans la foule, cette proximité aux autres quand on ne s'effleure soi-même qu'avec malaise.

Le signe extérieur, contre la vitre ; écrire de l'autre côté. Frapper à la vitre des hommes, sans bien comprendre ce qui remue ; de l'autre côté.

Cette question, où es-tu ?

Dans le signe extérieur, dans les faces blanches, dans les pas qui t'entourent, dans le silence, la solitude à tâtons. Cet homme marche dans la foule, perdu à celui qui vient. Cette idée étrange qu'au milieu de tous ces passants nous gisions inertes, pris dans la stupeur et l'incompréhension de vivre. Dans le mouvement. Accomplir la distance jusqu'à l'autre est impossible, alors on se tourne vers celui qui est perdu en soi.

Jean-Louis Giovannoni nous prête un corps, comme on prêterait un manteau, pour que nous comprenions, pour que nous puissions y mettre les mains. Toucher du doigt le poids humain.

On retient son corps, on est retenu à son corps. Qui fuit le mouvement? Qui vous touche quand vous ignorez si vous êtes vivant ? Vivant dans le silence et soudain dans ce cri qui se déchire dans le corps. On crie pour parler. Vivant dans le silence des mots endormis, dans ce qui est immobile et invisible, cette part de soi jetée sur le plancher de la chambre. Notre engourdissement.

Alors on reprend le chemin, le pantalon, le visage de la veille, sans être bien certain qu'ils nous ajustent. Qu'ils nous accompagnent.

Cet ajustement au monde est le cœur battant de *Les mots sont des vêtements endormis.* Jamais Jean-Louis Giovannoni n'aura autant écrit depuis l'intérieur. Son texte porte en lui ce vêtement de mélancolie dont on ne peut se défaire, ce vêtement de mots, qui dans la tourmente et l'impossibilité du monde, vous colle à la peau.

Lire ce livre, écrit par celui qui a su voir son visage, qui a su tenir face à son propre visage, lire ce livre c'est comprendre, malgré tout, que l'on ne pourra plus se débarrasser de soi.

François Heusbourg

Je voudrais entrer tout entier dans la personne d'un autre homme sans l'empêcher d'être lui.

Joë Bousquet

Cette envie continuelle de passer dans l'autre, de ne plus jamais être dans soi.

o o

Ne plus croire que tu es peuplé de voix mais du bruissement de l'air.

o o

Nous vivons avec des mots qui sont sûrement déjà morts.

Mes yeux me supposent.

oo

Meurt-on vraiment dans son corps ?

oo

Je me regarde sans cesse dans les reflets des vitrines, je me surveille. Toujours cette peur de me perdre.

Rien, aucun signe ne t'indique le mot à dire, le geste à faire. Et tu continues.

oo

On court, on s'agite, rien que pour faire croire que l'on connaît la sortie.

oo

Tu n'as que tes gestes contre la montée du froid.

On ne meurt pas par oubli de respirer, non, on meurt par peur de trop respirer, de trop en prendre.

oo

Les mots n'ouvrent pas assez.

oo

Sous nos traits, ce visage à jamais tourné sur lui-même que seuls les murs savent refléter.

Ce ne sont pas nos parents qui fixent notre visage, mais la violence d'une affirmation, d'une forme particulière du possible, qui vient sur nous inscrire son lieu d'apparition.

o o

Si je voyais un de ces visages qui aurait pu être le mien, peut-être serais-je enfin soulagé ?

Je crois toujours que quelqu'un viendra me dégager du corps.

o o

Tu brises une pierre... et tu tombes encore sur de la pierre.

o o

Aucun arbre ne quitte sa famille. Dans nos chambres, les meubles parlent dans une nuit pleine de branches, de feuilles retenues.

Bouge un tant soit peu,
et c'est un monde qui s'efface.

o o

Toute pierre est silence sur l'instant premier.

o o

Tout regard
toute parole est un fermoir.

De ce côté-ci du monde
rien que l'appel

l'appel avant l'envol.

o o

Les mots sont des vêtements endormis.

o o

Ce besoin de toujours traîner un corps dans ses rêves.

Tu regardes l'espace : tu penses aux oiseaux. Et lorsque tu t'agites ce ne sont que tes membres que tu agites.

Rien d'autre.

oo

Nous ne nous préparons laborieusement qu'à une seule chose : nous taire.

oo

Il est désespérant de devoir tout inventer, y compris l'espoir.

Toujours au bord de l'effondrement.
Au bord.

o o

Viendra-t-on nous délivrer à l'instant de l'ultime fatigue ?

o o

Si je mets mes mains dans un poème saura-t-on les prendre ?

Formes qui cherchez la main qui délivre, pourquoi continuez-vous à me regarder ?

o o

Chaque matin, une force bestiale me pousse à revenir, à émerger.

o o

Le réveil est intolérable, il me restitue à la mort.

C'est terrifiant de penser que l'on peut emporter le monde, juste en fermant les yeux.

oo

Pourras-tu encore témoigner dans l'absence et le froid avec le regard des pierres ?

oo

Aucun dieu ne sait vivre le vertige de notre chute, ni cette sensation soudaine d'être emporté.

Nos mots ne sont que les préliminaires
du silence.

oo

Le vent
comme une respiration
qui nous manquerait.

oo

Tout ce monde qui attend un signal pour
partir.

Il a fallu que je sois vraiment en face de la toile de Nicolas de Staël, *Les toits*, pour saisir sa vue aérienne, son accumulation d'agitations serrées dans les rues... et tout en haut, ce vide, cet espace où l'air ne se compte plus. Puis, cet étonnant *bord du vide* dont je ne me lasse pas. Quelques pas avant l'envol — juste avant.

o o

J'essaye de toujours m'épuiser avant d'entrer dans le sommeil, pour que mon corps reste bien à sa place, ne passe pas de l'autre côté.

Cette envie de m'établir dans l'espace comme un arbre pousse ses graines hors du visible.

o o

Qui veut-on tuer lorsqu'on se tue ?

o o

Mes yeux doivent être caves, ils attirent les regards. Les personnes du wagon se sont penchées sur ces deux trous au milieu de ma figure. Ils n'ont même pas cherché mes yeux.

A force d'être à l'intérieur de ses rêves, on perd son regard.

o o

La personne que je dois aller voir est déjà là, en moi, dans une image. Son visage m'occupe. Il ne faut pas que j'en parle trop, je risquerais de la faire disparaître.

J'essaye de ne pas penser, de ne pas faire trop de gestes, juste le minimum pour me sentir en vie : je ne veux pas l'égarer.

On use les visages à force de trop se les remémorer. Il y en a un, auquel je tiens, que je n'utilise jamais dans mes rêves. Peur qu'il ne se transforme, se perde dans d'autres visages. Trait pour trait, ils se confondent si facilement.

Il est là dans le noir de mon corps. Il me voit. Si ma main pouvait entrer, je le toucherais peut-être... Il faut si peu.

o o

Toujours cette croyance que les femmes m'ouvriront à ce que je ne peux voir. J'insiste. Elle ne baisse pas les yeux. Suis-je passé en elle ?

Je suis descendu du wagon.

Toujours rien.

o o

Cette balle qui se retient de toutes ses forces.
Qui ne veut pas partir.
Qui a peur que ton doigt appuie sur la gâchette.

Peut-être ai-je tout du cadavre ? Ces regards me surveillent au cas où je lâcherais.

oo

Ce sont nos vêtements qui nous donnent corps — sans ça tout s'effondrerait.

oo

Je me suis arrêté à la terrasse d'une brasserie, pour donner un peu à manger à celui qui vit en moi.

Encore quelqu'un qui regarde par-dessus mon épaule ce que j'écris. J'ai cru comprendre qu'il aimerait que je parle de lui sur cette feuille de papier. Au moins être là. Savoir qu'on a enfin trouvé un lieu.

o o

Toujours ce cri

en lui la rive est nommée.

Tout tient dans l'air sans qu'il y ait besoin d'appui. Passerelle sans aucune rive. Passerelle entièrement aérienne d'où tu ne pourras pas te jeter. Le malheur veut que tous ceux qui passent par-dessus la balustrade ne tombent jamais. Leur vient toujours sous les pieds une autre passerelle.

oo

Tu dis que tu aimerais te jeter, passer par-dessus la rambarde, alors que c'est le sol que tu cherches inlassablement.

Ni l'un ni l'autre ne viennent. Ni la chute ni le sol.

Avec cela attends-tu toujours que l'on te sauve ?

o o

Je deviendrai sûrement de la viande blanche, une viande sans goût. Un peu comme celle de ces veaux laissés toute une vie dans l'obscurité.

o o

C'est fou comme ceux qui ne dorment pas assez ressemblent à des morts.

Nous sécrétons sans cesse une couleur blanchâtre et aucun d'entre nous ne prend peur.

oo

Peut-être est-ce le fait de trop rêver qui donne à nos viscères ce côté viande bouillie, sans nerf ?

oo

Pourquoi faudrait-il que l'on soit sauvé et pas ce chat, ce cendrier... ?

A force de réchauffer les gens tous les matins, ils n'arrivent plus à bonne température à leur travail et virent au verdâtre. Ils ont beau faire des efforts de présentation, mettre du parfum, des couleurs vives, les vêtements leur collent à la peau. Au moindre accroc, des plaies profondes surgissent. Les tissus sont si fins par endroits.

o o

A voir de quelle étoffe est faite une blanquette de veau, je me suis dit que l'on poussait ces animaux à rêver jusqu'à l'excès.

Des paquets de rêves agglutinés avec une sorte de gélatine autour que l'on nomme souvent : moi.

o o

Ce matin, l'impression qu'il ne faut pas quitter le corps de ma fatigue.

o o

Ne pas bouger. Ne pas déranger autour de toi l'ordre dans lequel les objets sont plongés. Surtout ne pas les réveiller, interrompre leurs rêves. La mort survient lorsqu'on les dérange.

Ton visage, lui aussi, on viendra te le reprendre.

o o

Tu ne peux imaginer la haine qu'ont tous ces objets, ces choses, pour ton corps. Combien est grand leur désir de te mutiler, de te prendre ne serait-ce qu'un bras, une main. Cette tension parfois intenable dans l'espace, sur le bord des pierres, au fond des ravins. Et cette impression qu'on te pousse dans le dos.

On écrit pour se mettre bien avec les mots, pour qu'ils ne nous oublient pas.

oo

Pourquoi parles-tu de sortir alors que tu es toujours entre dehors et dedans ?

oo

Cent mille fois la chute... et toujours cette impossibilité d'admettre le vide en toi.

Tu crois ouvrir
alors que tu ne fais que fermer.

oo

Mourir en écrivant, en ne sachant plus où on est.

oo

Ainsi, on devient semblable à ces insectes qui meurent collés aux vitres en croyant que seule la clarté du jour peut ouvrir l'espace.

Je ne fais que déposer des mots sur une vitre. Une vitre qui ignore que l'aube se lève en elle.

oo

Avec un rien, on se fait *tout un monde.* Il suffit que l'un d'entre nous s'agite un peu plus dans les courants d'air de ses mots, pour que l'on crie aussitôt au cosmique. On croit l'univers à notre écoute. Alors qu'il ne s'agit que d'un phénomène de microclimat.

FRAGMENTS INÉDITS
(1981-1983)

Nous avons les formes d'un sommeil, d'un sommeil qui se croit éveillé.

o o

Sous ton visage, cet enfant à peine prononcé.

o o

Toutes ces mains, ces jambes, ces os où iront-ils après m'avoir emprunté ? Qui prendra leur relève ?

Tu bouges pour dégager ce qui est enfermé dans l'air.

oo

Emportera-t-on ses vêtements avec soi ? Ceux qui nous gardaient serrés contre eux, pour que l'on ne disparaisse pas dès le premier geste, au premier faux-pas.

oo

On a un visage pour ne pas effrayer les autres. Pour cacher ce trou dans lequel on vit.

Tu vas devant le miroir, et vois ce visage où tu as coutume de vivre. Parfois, tu te demandes si tu ne loges pas essentiellement dans ton regard.

o o

Dans une photo, un enfant s'efface, perd son visage. Parfois, je l'entends s'agiter dans la nuit. Il ne retrouve plus sa voix.

o o

La mort se tient exactement là où tout se rejoint.

On s'agite parce que le vide nous entoure.

o o

Tu mourras coincé dans ta dernière enveloppe, écrasé par ton dernier visage, sans même pouvoir te dégager.

o o

Toutes ces formes qui attendent, en toi, le moment propice pour se coller au premier venu.

Il y aura un jour des mains qui ressembleront à tes mains, des yeux identiques à tes yeux, un visage avec des traits semblables aux tiens, et ce ne seront ni tes mains ni tes yeux ni ton visage. Personne ne le saura.

o o

Nous ne voyons que ce qui peut nous être retiré.

o o

Pierres — passez par ma main, et volez !

Où se tiennent ceux qui m'empruntent depuis le premier jour ?

oo

Je suis peut-être le rêve d'un monde immobile ?

oo

Dès que l'on parle à une personne, aussitôt, en elle, montent des visages inconnus qui se glissent sous le premier visage et nous font signe.

Que de mondes pour un seul trait. Que de tension pour un seul battement de cils.

o o

J'ai beau parcourir la distance entre le 35 rue Clignancourt et mon école, située au 63 de la même rue, le trajet rétrécit de plus en plus. J'ai refait plusieurs fois ce chemin à petits pas. J'ai attendu un long moment au passage clouté du croisement de la rue Ramey. Il ne m'a pas rejoint.

On vit toujours à côté.

oo

Et si le fond n'était que trou, orifice d'évacuation ?

oo

Ce besoin de marcher lentement afin qu'on me heurte sur les trottoirs, dans les couloirs du métro, n'importe où. Pourvu que l'on me confirme ce corps.

C'est la deuxième fois que je passe devant la cour d'école où se trouve un chat noir. Il est venu vers moi – je n'ai donc pas disparu.

o o

Avant de naître, on vit dans d'incessantes montées de visages qui se succèdent et s'effacent. Le malheur veut qu'à notre naissance ces mouvements se figent en un seul. Un seul pour toujours.

Ce fond qui persiste malgré la chute. Tomber sans jamais pouvoir cesser le vide.

Rien ne se déborde.

o o

Nos organes parlent une langue que l'on ne comprend pas. Ce fourmillement dans mes mains, est-ce mouvements d'arbres ? De pierres ? Vent qui se lève ? Aurai-je assez de place en moi ?

Interroge les pierres
pour t'entendre vibrer contre leurs lèvres.

oo

Je n'ai jamais cru au silence des objets.
Tout est question d'oreille.

oo

Cette nuit on a murmuré dans ma chambre. J'ai allumé. Tout est resté fermé sur lui-même.

J'ai pensé à Anton Bruckner. Comment sa musique peut-elle soulever des cathédrales ? Ce vol de pierres serrées, libres de mouvements, et cette impression que l'air tient mes gestes.

o o

Dans le métro, chaque heure accueille des populations différentes. 7h30-8h30, est celle des masques. Ils affluent dans la direction d'Etoile. Nombre montent à la station St Lazare.

Je rejoue dans ma tête l'adagio de la 8ᵉ de Bruckner. Ce matin, je n'arrive pas à en faire un tissu continu.

Les masques me regardent. La vibration muette de cette musique les intrigue. J'ai placé mes yeux en défense.

oo

Ils sont montés à la station Notre-Dame-de-Lorette. Elle a aussitôt cherché son reflet. Lui a eu droit à un sourire crispé de ses voisins immédiats. Puis, les masques se sont tournés vers les vitres. J'ai fait de même.

Cette fatigue soudaine. Peut-être est-ce un rêve qui veut naître ?

o o

L'attraction qu'exercent sur moi les lits, les canapés, toutes formes de reposoirs. Rien n'est trop bon pour contenter ses rêves. Ils veulent toujours passer à l'acte, n'importe où. A un moment ou un autre, je cède et m'allonge.

Je parle souvent à des objets. Nos rencontres sont prenantes.

Je les confie parfois à d'autres objets, plus proches, plus familiers.

Je vais respirer un peu sous la véranda, et puis, je reviens.

Immense fatigue. Qu'importe. Je continue. Un jour, j'entendrai leurs voix.

oo

Je parle contre votre paroi pour que les mots s'effacent, pour que rien ne subsiste.

Ces objets que tu veux approcher et qui sans cesse te tournent le dos.

o o

Tout ce qui t'entoure regarde vers ce lieu que tu cherches, et toi tu ne vois rien.

o o

Tu sens bien dans ta voix ce silence qui persiste.

Parmi les mots que tu écris, un seul t'ouvrira le chemin ?

oo

Tout ce silence – pour que tu cries !

Postface

J'ai toujours ressenti un profond dégoût pour les textes écrits de ma main, une répulsion immédiate à leur contact. Je ne peux les tolérer qu'en période de travail, se frayant un chemin. Après, ce ne sont que déchets, corps sans vie.

Tout papier a son odeur. L'odeur de la pièce où il s'agitait, le fumet du corps qui vivait à ses côtés, la sueur des mains qui le touchèrent.

L'odeur de l'encre et le temps chavirent tout cela.

Dès que l'on ouvre de vieilles chemises, des classeurs poussiéreux, remonte cette chose si intime qu'elle en est intolérable. Ecritures pâlies voulant encore frôler la main, le regard qui les fit naître.

Là, il faut agir en les enfouissant sous des piles de papiers, dans des endroits inaccessibles. Là, enfin, commence l'oubli.

Mon attitude tournait ainsi, au début des années quatre-vingt, plus à la rétention qu'à un échange. Je doutais de mes textes tout en continuant inexorablement à écrire. Le climat n'était donc pas très propice à une rencontre avec un éditeur. Je répondis pourtant positivement à la demande de Jean-Pierre Sintive. Son envie était clairement affichée : il désirait commencer ses éditions en imprimant quelques-uns de mes textes sur sa presse typographique. Je le reçus, rue de Saintonge, à l'automne 1981, avec une certaine appréhension. Peut-être était-ce tout simplement impensable ? J'avais publié un livre en 1975, et puis le silence.

L'entente fut excellente dès les premiers instants. Je lui donnai à lire deux textes assez longs, extraits d'un manuscrit en cours, composé de notes prises sur le vif à Saint-Maur-des-Fossés, banlieue où ma mère a vécu dans les années soixante.

Dans ces brouillons voisinaient des textes comme *Le visage volé, Le corps immobile*, à côté de notes éparses sur les paysages, les dispositions des rues, des berges de la Marne... mêlées à des anecdotes et de brefs récits de voyage. Cet ensemble de petits feuillets de couleur rose ou marron clair, commençait à se rendre insupportable à mes yeux. Je m'apprêtais à les abandonner.

Après s'être longuement plongé dans leur lecture, il me montra les pages qu'il retenait. L'inquiétude monta alors en moi. J'étais à la fois flatté et en même temps incapable d'être satisfait par un tel événement. Pour me défendre de tels sentiments contradictoires, je conçus instantanément une manœuvre d'évitement : je lui promettais de lui envoyer ces textes après les avoir retravaillés. Il insista, et en toute fin je lui cédai le manuscrit du *Visage volé* qu'il édita quelque temps après sur les presses des éditions Unes, à Trans-en-Provence (Var), à la fin de 1981. *Le corps immobile* et *Au fond de l'air* suivirent en 1982.

Le reste du manuscrit de ces *Voyages à Saint-Maur*, avant la lettre, alla rejoindre le silence des placards pour ne refaire surface qu'en 2012.

Passé la joie de la publication de ces trois petits livres aux éditions Unes, je me trouvais à nouveau dans une impasse : rien ne venait plus sous ma plume et mes anciens textes m'écœuraient au plus haut point. Je fis part de mon tarissement à Jean-Pierre à travers plusieurs lettres. Il ne leur accorda, sur ce point, aucune importance, et lors de l'une de ses visites à Paris, il me demanda à lire mes manuscrits et mes carnets de notes.

Sa lecture fut longue et silencieuse. Puis, soudainement, il me dit : – *Pourquoi t'inquiètes-tu ? Tes textes sont là, dans ces carnets.* Et il me les lut à haute voix, en ponctuant chaque fin de fragment par un encouragement : *Alors, c'est de la poésie, non ?*

A travers *sa voix*, j'entendais mes mots comme si c'était la première fois que je les découvrais. Ils prenaient une autre teneur. Je n'en revenais pas. Je ne les reconnaissais pas. Etonné d'un tel changement, je les lus à mon tour. A chaque fragment, je le regardais : il le confirmait d'un mouvement de tête.

A présent, mes textes n'étaient plus des corps alignés, les uns à côté des autres, mais un vivier de phrases mouvantes qui ne demandaient qu'à être saisies et portées dans leur espace.

Au-delà de ce moment, c'est le parcours des mots qui retient encore mon attention. Comme si *l'adresse* que sous-tend toute écriture, avait trouvé, en cet instant, un point de concrétisation, un appui dans le *ici-même* de son écoute. *Une adresse*, non pas comme celle des fantômes qui se confondent dans mon écoute et ma main, mais une adresse cette fois-ci *domiciliée* ; une adresse avec *un destinataire au bout* ; là où les mots peuvent enfin séjourner.

Peu de temps après, je me lançais dans l'écriture des *Mots sont des vêtements endormis*, en l'extrayant, phrase après phrase, de carnets écrits entre 1980-1983. Et, au fur et à mesure que le livre prenait forme, je le faisais lire à Jean-Pierre.

Des fragments furent gardés, d'autres écartés, non parce qu'ils déméritaient, mais parce que le volume était trop abondant par rapport au projet éditorial. Il faut rappeler que les livres de *Unes* étaient composés en caractères au plomb, pliés, cousus et collés à la main...

L'idée lancée par François Heusbourg, de rééditer, trente ans après, *Les mots sont des vêtements endormis,* paru en juillet 1983, aux éditions Unes, m'a tout de suite enthousiasmé. Cela d'autant que cette édition serait enrichie de plusieurs pages inédites, d'une préface écrite par ses soins à ma demande et d'une postface où je décrirais le climat dans lequel ce livre était né. Pour cela, il était nécessaire que je me replonge dans le livre et les carnets de l'époque. Ce que je fis, non sans me poser de multiples questions. A vrai dire, je ne me souvenais quasiment plus des phrases qui composent cet ouvrage. Je n'en conservais qu'un vague souvenir, teinté d'une certaine « mélancolie ».

Le doute est revenu. Pour apaiser ce sentiment, je me suis lancé aussitôt dans une vaste réécriture de ces fragments.

Heureusement, François Heusbourg m'a conseillé de revenir au plus près des manuscrits originaux pour que l'on puisse entendre, à nouveau, la musique de ce livre telle qu'elle avait été écrite il y a trente ans. Je l'en remercie vivement.

Avec le recul, il est manifeste que ce livre occupe une place particulière dans mon travail et en constitue même un des tournants. Il marque le début d'une *écriture fragmentaire* qui durera une bonne dizaine d'années, avant de laisser place à de nouvelles formes.

Jean-Louis Giovannoni
rue Dagorno, octobre 2013

Note

Les mots sont des vêtements endormis a été publié le 8 juillet 1983 à 299 exemplaires dont 45 sur Vélin d'Arches, contenant des peintures originales de Ghislaine Amon et 253 sur Pur Fil Johannot. Ce texte n'a jamais été réédité. Il a été revu et corrigé en 2013 à l'occasion de cette nouvelle publication.

Fragments inédits provient des mêmes carnets de notes et manuscrits (1981-1983). Certains fragments nous ont été fournis par Jean-Pierre Sintive qui les avait conservés précieusement dans ses archives.

C'est cet ensemble, enfin réuni, que nous publions ici trente ans après.

De cette édition revue et augmentée
composée en Garamond corps 10
et imprimée sur presse typographique
il a été manuscrit par l'auteur V exemplaires
numérotés de I à V
et 3 exemplaires réservés aux collaborateurs,
marqués HC.
Ces exemplaires, réimposés sur Vélin d'Arches
et réunis sous emboitage
sont signés au colophon par l'auteur.

Troisième édition : avril 2016.

Editeur : 251
Editions Unes - 13, avenue Pauliani - 06000 Nice
www.editionsunes.fr
Imprimerie S.A.I.G. - 92240 L'Hay-les-Roses